Aubrey Beardsley

Unter dem Hügel

Die Legende von Venus und Tannhäuser

Leseklassiker

Aubrey Beardsley

Unter dem Hügel

Die Legende von Venus und Tannhäuser

ISBN/EAN: 9783955630102

Auflage: 1

Erscheinungsjahr: 2013

Erscheinungsort: Bremen, Deutschland

Leseklassiker

VORWORT

Die Herausgabe des vorliegenden Bändchens erfolgte, um denen unter den Verehrern Beardsleys, die der englischen Sprache nicht mächtig sein sollten, eine Kenntnis seiner litterarischen Arbeiten zu verschaffen. Das Novellenfragment und die beiden Gedichte, sowie eine freie Nachdichtung des Catullischen Gedichtes, das wir in deutscher Übertragung an den Anfang dieses Buches setzen, erschienen ihrer Zeit im „Savoy“. Jetzt (während der Drucklegung dieses Buches) sind sie in einem Sammelband mit Veröffentlichung der zugehörigen Illustrationen im Verlage von John Lane erschienen. Die beigegebenen Briefe und einige — sogenannte — Äußerungen sind ohne besonderen Belang.

Es erübrigt sich wohl, des näheren auszuführen, in wie unzureichendem Maße eine Übersetzung den schriftstellerischen Arbeiten Beardsleys gerecht werden kann, deren Hauptreiz in der leichten und ungemein gewandten Art liegt, mit der der Autor die Sprache zur Mitteilung allerhand gedanklicher und phantastischer Subtilitäten macht, ohne daß Mühe oder Zwang zu merken wäre, oder der grammatikalische Bau, oder der Wohlklang von Vers und Periode im geringsten beeinträchtigt erschiene. Doch da zwei der Übersetzungen, die — leider durch Druckfehler aufs ärgste entstellt — vor drei Jahren in der Insel erschienen, eine liebenswürdige Anerkennung von seiten mehrerer Freunde gefunden haben, so darf der Herausgeber vielleicht hoffen, mit der Veröffentlichung dieses Büchleins nicht einen ganz verfehlten Schritt getan zu haben.

(Zur ersten Auflage, 1905).

AVE ATQVE VALE

„La Chaleur Du Brandon Venus“
L. R. de la R., v. 22051.

Seiner

Eminenz

dem

Prinzen

GIULIO POLDO PEZZOLI

Cardinal der heiligen Römischen Kirche

Titularbischof von Ostia und Velletri

Nuntius des heiligen Stuhles

in

Nicaragua und Patagonien

dem Vater der Armen
dem Reformator kirchlicher Disziplin
dem Muster der Gelehrsamkeit
der Weisheit und heiligen Lebenswandels
widmet dies Buch in schuldiger Ehrfurcht
Sein ergebener Diener
ein Schreiber und Zeichner weltlicher Dinge
der dies Buch verfertigte

AUBREY BEARDSLEY

Euer Eminenz!

Welcher Übelstand das Schreiben von Dedikationsepisteln außer Übung gebracht hat, ob die Hoffart der Autoren oder die Demut der Patrone, weiß ich nicht. Doch scheint mir der alte Gebrauch so schön und passend, daß ich mich entschlossen habe, einen Versuch in dieser bescheidenen Kunst zu wagen, und Ihnen mein erstes Buch mit allen Formalitäten zu Füßen lege. Ich habe, wie ich gestehen muß, einige Furcht, man werde mich des Hochmuts zeihen, wenn ich einen so erhabenen Namen wie den Ihren an den Anfang der vorliegenden Erzählung setze, doch wird man, hoffe ich, einen solchen Tadel nicht allzu leichtfertig auf mich werfen, wenn man bedenkt, daß ich — wenn überhaupt — nur eines ganz natürlichen Stolzes schuldig wäre, falls ich mir was darauf zugute täte, daß mein Schicksal es mir erlaubt, die kleine Pinasse meines Witzes unter Ihrer Protektion segeln zu lassen.

Wenn ich nun also eine derartige Anklage von vorneherein zurückweisen könnte, so sehe ich mich doch noch in der Lage, weiteres zu meiner Verteidigung vorbringen zu müssen; denn mit welcher Stirn kann ich Ihnen ein Buch widmen, das von einem so eitlen und phantastischen Gegenstande handelt wie das meine? Ich weiß, daß die amouröse Passion in der Meinung mancher Leute für ein schändliches und lächerliches Ding gilt; und man muß in der Tat zugeben, daß um Liebe mehr Wangen errötet sind als um irgendein anderes Ding, und daß Liebende ein Gegenstand ewigen Spottes und Gelächters sind. — Doch wird man finden, daß mein Buch Materie von tieferer Bedeutung enthält als bloße Liebesgeschichten, insofern es von der großen Zerknirschung seiner Hauptperson und auf einigen Seiten sogar von kanonischen Fragen handelt; und so bin ich nicht ohne Hoffnung, daß Euer Eminenz es mir verzeihen wird, wenn ich von einem verliebten Abbé schreibe — eine Extravaganz, die man meiner Jugend nachsehen möge.

Des ferneren muß ich um Verzeihung dafür bitten, daß ich Sie in einer anderen Sprache anrede als der römischen. Doch verbietet mir meine geringe Gewandtheit in der schriftlichen Ausübung des Lateinischen ein Überschreiten der Grenzen meiner Muttersprache. Nicht um die Welt möchte ich Ihr delikates, südliches Ohr durch einen barbarischen Ansturm rauher und gotischer Worte beleidigen: nur scheint mir keine Sprache rauh oder roh zu sein, die sich gewandter und höflicher Schriftsteller rühmen kann; und nicht wenige dieser Art haben früher in meinem Vaterlande geblüht und die Umgangssprache bei uns zu hoher Vollendung gebracht. In der gegenwärtigen Zeit, ach, mißbrauchen ungebildete Autoren und unmanierliche Kritiker bei uns die Feder, Leute, die eher einen formlosen Haufen als ein Gebäude, eine Wildnis als einen Garten zustande bringen. Doch, was nutzt es, Tränen an das Vergangene zu verschwenden?

Nun aber sollte ich hier nicht von den Mängeln reden, die uns eigen sind, sondern von den Tugenden, die Ihnen eigen sind, sonst würde ich den Verpflichtungen eines Schriftstellers, der eine Dedikation an Sie richten möchte, schlecht nachkommen. Ihre hervorragenden Tugenden [obwohl alle Welt sie kennt], Ihr Geschmack und Geist,

Ihr Interesse für literarische Dinge, Ihre sehr reale Kunstkennerschaft sollten hier ins gebührende Licht gerückt werden.

Nun bin ich — obwohl es wahr ist, daß alle Menschen genügend Verstand haben, um ein Urteil über allerhand Dinge abzugeben, und nicht wenige genügend Frechheit besitzen, dies Urteil drucken zu lassen [letztere dann gewöhnlich „Kritiker" benannt] — bin ich von je der Meinung gewesen, daß die kritische Begabung noch seltener sei als die erfinderische. Diese Begabung aber besitzen Euer Eminenz in einem so hohen Grade, daß Ihr Lob oder Tadel einem Orakel gleichkommen, Ihre Aussprüche infallibel sind, sie mögen sich nun auf ein Genie oder eine schöne Frau beziehen. Ihr Geist, der sich, wie ich weiß, gern in feinen Unterscheidungen und subtilen gedanklichen Prozeduren ergeht, und eher einer schönen Reihe von Folgerungen als einer hastigen Entscheidung zugänglich ist, hat in der Kunst zu beurteilen, sein angemessenstes Feld der Tätigkeit gefunden.

Aufs höchste ist es zu bedauern, daß ein so vollkommener Mäcen keinen Horaz haben kann, um seine Freundschaft, keine Georgika, um ihre Widmung entgegenzunehmen; denn die Pflichten und Verrichtungen eines Gönners müssen sich mit

Notwendigkeit in einer Zeit verringern, die nur kleine Menschen und kleine Arbeiten hervorbringt. Früher hatte es für einen Fürsten oder Staatsmann nichts Herabsetzendes, seine Liebe und Gunst auf Poeten auszudehnen; er genoß dadurch ebensoviel Ehre als er austeilte. Oder nahm nicht Prinz Festus das Meisterwerk Julians mit Stolz unter seinen Schutz, und war die Äneis nicht ein recht hübsches Geschenk für einen Cäsar?

Ein zusammengetragenes Wissen ohne Urteil ist immer vom Übel, doch weiß ich nicht, was bei Ihnen größer ist, Ihre Kunstliebe oder Ihre Kunstkenntnis. Was Wunder, wenn ich mich ereifere, Ihnen zu gefallen, und mich unter Ihre Protektion zu stellen? Sie wissen es ja selbst, wie aufrichtig dankbar ich Ihnen für Ihre früheren Freundlichkeiten bin — haben doch Ihre große Güte und Liberalität meine unscheinbaren Verdienste und geringen Fähigkeiten, die kaum einer Belohnung wert erschienen, weit übertroffen. Ach, auch das Werk, das ich Ihnen hier dediziere, ist nur gering; doch wenn Sie es einmal durchblättern [etwa an einem Abend auf Ihrer Terrasse], und es dann eines Platzes in dem verstecktesten Winkel Ihrer fürstlichen Bibliothek für wert halten, so würde das Gefühl, daß es dort stehe, eine reiche Belohnung der Mühe und eine Krone des Vergnügens sein, die ich beim Schreiben dieses unbedeutenden Büchleins hatte.

Euer Eminenz ergebenst gehorsamster
Diener
Aubrey Beardsley.

ERSTES KAPITEL

Der Abbé Fanfreluche war von seinem Pferd gestiegen und stand einen Augenblick zögernd vor dem düstern Torweg des geheimnisvollen Hügels: ihn beschäftigte die exquisite Furcht, ob nicht ein ganzer Reisetag die sorgfältig abgewogenen Details seines Anzuges in eine allzu grausame Unordnung gebracht habe. Seine Hand, schlank und graziös wie die der Marquise du Deffand auf der Zeichnung von Carmontelle, glitt nervös über das goldene Haar hin, das wie eine feingelockte Perücke auf seine Schultern niederfiel, und dann wanderten die Finger von Punkt zu Punkt einer präzisen Toilette und machten den kleinen Meutereien von Halstuch und Manschetten ein Ende.

Es war um die Zeit, wo man Licht anzündet, und wo die müde Erde ihren Abendmantel aus Nebel und Schatten um sich tut, wo in den verzauberten Wäldern die leichten Tritte und die leisen Stimmen der Elfen hin und wiedergehen, wo die Luft voll zarter Einflüsse ist, und selbst die Beaux an ihren Toilettetischen ein klein wenig träumen.

„Ein deliziöser Moment, um ins Exil zu schlüpfen", dachte Fanfreluche.

Der Ort, wo er stand, war voll unbekannter wilder Blumen, die ein seltsames und unheimliches Aussehen hatten, und deren Namen man wohl schwerlich im Mentzelius finden dürfte. Wie im Traum bewegten sie sich leise hin und her und gaben einen betäubenden Wohlgeruch von sich. Auf den Pfeilern zu beiden Seiten des Einganges schliefen ungeheure Nachtfalter. Die Schwingen dieser Schmetterlinge waren so reich und so bunt, als hätten ihre Inhaber auf Tapeten und den Brokatblumen königlicher Stoffe bankettiert, und die Augen waren alle offen und voll von brennenden und quellenden Adern. Die Pfeiler selbst bestanden aus einem fahlen Stein und stiegen wie Hymnen zum Preise der Wollust in die Luft: vom Kapitäl bis zur Base waren beide mit Liebesskulpturen bedeckt, die eine so schelmische Erfindung und eine so kuriose Kennerschaft zeigten, daß Fanfreluche eine geraume Zeit in ihrer Betrachtung verweilte. Sie übertrafen alles, was je aus den maisons vertes der Japaner hervorgegangen, alles, was je in den kühlen Badezimmern des Kardinals de la Motte gemalt zu sehen war, und ließen selbst die erstaunlichen Illustrationen zu Jones „Nursery Numbers“ hinter sich.

„Ein niedliches Portal“, murmelte der Abbé.

Wie er so sprach, kam aus dem Berg hervor der schwache Ton eines Gesanges, ganz schwach, ein Atemzug, eine zarte Musik, so sonderbar und fern wie die der See-Legenden, die man hören kann, wenn man eine Muschel ans Ohr hält.

„Die Vesper Helenas, vermute ich“, sagte Fanfreluche und schlug ganz leicht ein paar begleitende Akkorde auf seiner kleinen Laute an. Sanft gingen die Klänge über die verzauberte Schwelle hinüber und herüber und wanden sich um die schlanken Säulen, bis die Nachtfalter, von ihrer Leidenschaft berührt, sich im Traume matt hin und her bewegten. Einer wurde durch die stärkeren Lautenschläge des Abbé aufgeweckt und flatterte in die Höhle hinein. Fanfreluche fühlte, dies sei für ihn das Zeichen zum Eintritt.

„Adieu,“ rief er aus, und machte eine einschließende Handbewegung, und „gute Nacht, Madonna“, als der kalte Zirkel des Mondes sich zu zeigen begann, schön und voll Bezauberung. Es war ein Schatten von Sentiment in seiner Stimme, als er diese Worte sprach.

„Gebe der Himmel,“ seufzte er, „daß ich vor meinem Debut in einem Spiegel mich über mein Äußeres versichern kann. Schließlich aber, da sie eine Göttin ist, sind ihre Augen vielleicht mit Vollkommenheit ein wenig übersättigt, und sie wird einen kleinen Fehler nicht übel vermerken.“

Eine wilde Rose hatte sich im Besatz seiner Halskrause gefangen; er wollte sie in der ersten Regung des Mißvergnügens brüsk entfernen und die beleidigende Blume mit äußerster Strenge bestrafen, doch dauerte diese ärgerliche Stimmung nur einen Augenblick: Es lag etwas so reizend Inkongruentes in der Anwesenheit des kühnen Eindringlings auf dem zarten Spitzenwerk seiner Umgebung, daß Fanfreluche den strafenden Finger zurückhielt und schwur, die wilde Rose solle bleiben, wo sie sich angeheftet habe, ein Paß, wie sie war, von der oberen Welt in die untere.

„Gerade der Exzeß und die Heftigkeit des Fehlers wird seine Entschuldigung sein“, sagte er, knüpfte einen Knoten in den Troddeln seines Stockes auf und schritt in den dunklen Korridor hinein, der in das Herz des Geisterhügels führte — schritt mit dem bewunderungswürdigen Aplomb und der ausgeglichensten Anmut Don Juans.

ZWEITES KAPITEL

Vor einem Toilettentische, der im Kerzenlicht erstrahlte, wie der Altar von Notre Dame des Victoires, saß Helena in einem kleinen, schwarz- und heliotrop-farbenen Morgenrock. Der Coiffeur Cosmé besorgte ihre duftende Chevelure und machte mit kleinen, von den Liebkosungen des Feuers warmen, silbernen Zangen reizende intelligente Löckchen, die ihr wie ein Hauch über Stirn und Augenbrauen fielen, und sich wie kleine, spiralige Weinranken um ihren Nacken drängten. Ihre Lieblingsdienerinnen: Pappelarde, Blanchemains und Loreyne warteten unmittelbar hinter ihr mit Parfüm und Puder in zarten Flakons und zerbrechlichen Töpfchen und hielten in Porzellanvasen die entzückenden Farben aus der Werkstatt Châtelines für jene

Wangen und Lippen, die in den Leiden des Exils ein wenig bleich geworden waren. Die drei Favoriten, Claud, Clair und Sarrasine standen mit Präsentierteller, Fächer und Schnupftuch umher und machten verliebte Gesichter; Millamant hielt eine einfache Trage mit Schuhen, Minette ein paar weiße Handschuhe, la Popelinière — die Kleiderdame — stand mit einem Rock in Goldgelb parat, la Zambinella trug die Juwelen, Florizel ein paar Blumen, Amadour eine Schachtel mit verschiedenen Federn und Vadius eine Schachtel mit Bonbons. Der ganze Raum war mit den galanten Gemälden Jean Baptiste Dorats tapeziert; und die Tauben, die immer aufwarteten, liefen überall am Boden auf und ab; und hier und da saßen Zwerge oder andere zweifelhafte Kreaturen, die die Zunge ausstreckten, sich kniffen und sich abscheulich genug benahmen. Zuweilen lächelte Helena ein wenig nach ihnen hin. Wie die Toilette fortschritt, spazierte Mrs. Marsuple, die dicke Manicure und Fardeuse, herein, grüßte Helene mit einem vertrauten Kopfnicken und nahm neben der Tafel Platz. Sie trug ein Kleid aus weißer, gewässerter Seide mit Goldspitzen und ein karmoisinfarbenes Samthalsband. Das Haar hing ihr in Bandeaux über die Ohren und ging an ihrem Hinterkopf in einen großmächtigen Chignon über.

Ihr Hut war breit gerändert, mit rosa Volants behangen, und blühte förmlich von roten Rosen.

Mrs. Marsuples Stimme war voll lüsterner Salbung; sie hatte schreckliche kleine Gesten mit den Händen, sonderbare Schulterverrenkungen, einen kurzen Atem, der die überraschendsten Falten in ihrem Corsage hervorbrachte, eine verdorbene Haut, große hornige Augen, eine Papageiennase, einen kleinen lockeren Mund, mächtige, fleischige Backen, und Kinn auf Kinn. Sie war eine weise Person. Helena liebte sie mehr als irgendeine andere ihres ganzen Personals und hatte hundert Kosenamen für sie, wie: „liebe Kröte“, „Zwiebelchen“, ,,Coq Robin“, „süßes Mäulchen“, „Prüfstein“, „kleiner Hustentropfen“, „Bijou“, ,,Buttons“, „Herzblatt“, „Dick-Dack“, „Frau Männlich“, „Kleiner Schlecker“, „Cochon-de-lait“, „Kleiner Unart“, „Lieber Segen“ und „Trumpf“. Die Gespräche, die Mrs. Marsuple mit ihrer Herrin zu haben pflegte, waren von der ausgezeichneten Art derer, die unter alten Freunden stattfinden. Ein vollkommenes Einverständnis gab halben Sätzen ihre volle Bedeutung und der kleinsten Beziehung ein Pointe. Natürlich wurde Fanfreluche, der neue Ankömmling, ein wenig durchgenommen. Helena hatte ihn noch nicht gesehen und ließ einen Schwall voll Fragen über ihn los, die alle von einer entzückenden Sachlichkeit waren.

Der Rapport und die Frisur waren zu gleicher Zeit beendet.

„Cosmé,“ sagte Helena, „du hast deine Sache wirklich ganz brillant gemacht und dich heute abend selbst übertroffen.“

„Madame schmeicheln mir,“ sagte das antiquierte alte Geschöpf mit einem mädchenhaften Gekicher unter seiner schwarzen Atlasmaske: „Wahrhaftig, Madame, zuweilen glaube ich, ich habe überhaupt gar kein Talent; aber ich muß gestehen, heute abend krallt mich ein wenig die Eitelkeit.“

Es würde mich schrecklich schmerzen, wenn ich berichten sollte, wie sie gemalt wurde. Genüge es, zu erfahren, daß das kummervolle Werk kühn, prachtvoll und ohne den leisesten Schatten einer Täuschung zu Ende geführt wurde.

Helena ließ ihr Négligé hinter sich gleiten und erhob sich in einem undefinierbaren Schauer und Geschwirr von Spitzen, Besatz und Volants vor dem Spiegel. Sie war anbetungswürdig lang und schlank. Rücken und Schultern waren wundervoll gezeichnet und die kleinen, malitiösen Brüste voll jenes irritierenden Liebreizes, den niemand vollkommen begreifen oder bis zu Ende auskosten kann. Ihre Arme und Hände waren locker, aber zart von Gelenken, und ihre Beine waren göttlich lang, von der Hüfte bis zum Knie 22 Zoll, vom Knie bis zur Ferse 22 Zoll, wie es einer Göttin zukommt. Wer Helena nur im Vatikan, im Louvre, in den Uffizien oder im British Museum gesehen hat, der kann sich nicht vorstellen, wie wunderschön und süß sie in Wirklichkeit aussah. Durchaus nicht so wie die Dame in „Lemprière".

Mrs. Marsuple wurde ganz lyrisch über die süße kleine Person und pickte mit Küssen an ihrem Arm herum.

„Liebe Zunge, du mußt dich wirklich anständiger benehmen", sagte Helena und rief Millamant, ihr die Schuhe zu bringen.

Die Trage war mit Pantöffelchen beladen, die so exquisit und schön waren, daß sie allein genügt hätten, um Cluny zu einem Ort des Lasters zu machen. Da waren welche aus grauem, braunem und schwarzem Suède, aus weißer Seide und rosa Atlas, aus Samt und Sarcenet, da war ein Paar aus Seegrün mit Kirschblüten, ein Paar aus Rot mit Weidenzweigen, und eins aus Grau mit weißgeflügelten Vögeln. Da waren Absätze aus Silber, Elfenbein und Gold, Buckel aus kostbarsten Steinen, in sonderbare und geheimnisvolle Devisen gesetzt,

Bänder in närrische Formen gebunden und geflochten, Knöpfe, so schön, daß die Knopflöcher keine Ruhe hatten, ehe sie nicht über ihnen schlossen, Sohlen aus zartem Leder mit maréchal parfümiert, Futter aus weichen Stoffen, die nach Juliblumen dufteten. Doch fand Helena von allen diesen keine nach ihrem Geschmack und forderte ein zurückgestelltes Paar aus blutrotem Maroquin mit Perlen; die sahen denn auch über ihren weißseidenen Strümpfen sehr distinguiert aus.

Zu gleicher Zeit trat la Popelinière mit dem Rock vor.

„Ich werde heute abend keinen tragen", rief Helena. Dann streifte sie die Handschuhe über.

Als die Toilette zu Ende war, versammelten sich alle Tauben um ihre Füße: sie liebten es, ihre Gelenke mit den Federn zu berühren; die Zwerge klatschten in die Hände, steckten die Finger in den Mund und pfiffen. Spiridion, in der Ecke, sah von seinem Geduldspiel auf und zitterte.

Gerade da kündete Prantzmungel an, daß das Souper auf der fünften Terrasse serviert sei. „Ach," rief Helena, „ich sterbe vor Hunger!"

DRITTES KAPITEL

Sie war ganz entzückt von Fanfreluche, und natürlich saß er beim Abendessen neben ihr.

Die Terrasse war mit tausend eitlen und phantastischen Dingen geschmückt und bot — mit hundert Tischen und vierhundert Sesseln besetzt — einen wahrhaft prächtigen Anblick. In der Mitte stand ein Springbrunnen mit drei übereinander befindlichen Bassins. Aus dem ersten erhob sich ein Drache mit vielen Brüsten und kleine Liebesgötter, die auf Schwänen ritten; und jeder Liebesgott trug einen Bogen und einen Pfeil. Zwei von ihnen, im Angesicht des Ungeheuers, schienen vor Furcht zurückzuschaudern, zwei, ihm im Rücken, kühn genug, ihre Pfeile nach ihm zu richten. Vom Rande des zweiten Beckens erhob sich ein Kranz schlanker, goldener Säulen, die von silbernen Tauben mit ausgebreiteten Flügeln und Schwänzen gekrönt waren. Das dritte Becken wurde von einer Gruppe Satyrn getragen, deren Leiber von grotesker Schlankheit waren; und aus seiner Mitte stieg ein Wasserrohr auf, das — mit Masken und Kränzen behangen — oben in Kinderköpfen endigte.

Aus den Mündern des Drachen und der Liebesgötter, aus den Augen der Schwäne, aus den Brüsten der Tauben, aus den Hörnern und Lippen der Satyrn, den Masken an manchen Stellen, und den Locken der Kinder spielte das Wasser verschwenderisch und schnitt seltsame Arabesken und Figuren in die Luft.

Die Terrasse war durch Kerzen beleuchtet, von denen man im ganzen über 4000 zählen konnte, außer denen auf den Tischen. Die Leuchter waren von einer unbeschreiblichen Mannigfaltigkeit; und überall lächelten verborgene Unanständigkeiten aus ihren Verzierungen heraus. Einige waren zwanzig Fuß hoch und trugen einzelne Kerzen, die wie duftende Fackeln hoch über den Häuptern der Festteilnehmer flackerten und tropften, bis das Wachs oben um den Rand herum in langen Lanzen stand. Einige waren mit schimmernden

Reifröckchen behangen und trugen eine ganze Versammlung von Kerzen, in Kreise, Pyramiden, Würfel, Kegel, einzelne in gerade Linien und Halbmonde abgeteilt.

Ferner fanden sich auf merkwürdigen Piedestalen, Priapen und graziösen Pilastern jeder Art muschelförmige Vasen voll üppigster Früchte und Blumen, die überhingen und über die Ränder quollen, als wollten sie sich nicht halten lassen. In zerbrechlichen Porzellantöpfen standen die Orangen- und Myrtenbäume, die man mit scharlachnen Bändern an ihre Stäbe gebunden hatte; und Rosenbüsche waren mit süperber Erfindung um Gitterwerk und Pfosten geschlungen und gewunden. Auf der einen Seite befand sich eine lange, vergoldete Bühne für die Schauspieler, behängt mit pagonianischen Tapeten; gegenüber war der Musikstand.

Die Tafeln hatte man zwischen der Fontäne und der Treppenflucht, die zur sechsten Terrasse führte, aufgestellt. Alle waren kreisrund, mit weißem Damast bedeckt, und mit Iris, Rosen, Ranunkeln, Asphodillen, Akelei, Nelken und Lilien bestreut; und auf jedem der Sessel, die hoch mit weichen Kissen belegt und mit unendlich verschiedenen Stoffen überzogen waren, lag ein Fächer.

Unten vor den Treppenstufen breiteten sich die

Gärten aus, die so schön und mit so reicher Erfindung gezeichnet waren, daß selbst der Architekt der Fêtes d'Armailhacq mit dem besten Willen nichts Tadelnswertes dran hätte finden können, die hellen Teiche, die üppige Lustboote voll heiterer Blumen und Wachsmarionetten trugen, die Alleen schlanker Bäume, die Arkaden und Kaskaden, die Pavillons, die Grotten und die Gartengötter — alles erhielt eine seltsame, träumerische Färbung durch das Licht, das vom Feste her darauffiel.

Helena ohne Rock und Fanfreluche mit Mrs. Marsuple, Cloud und Clair und Farcy, dem ersten Schauspieler, saßen am gleichen Tisch. Fanfreluche, der sein Reisekostüm abgelegt hatte, trug lange, schwarzseidene Strümpfe, ein Paar reizende Strumpfbänder, einen äußerst eleganten Halskragen und einen wundervollen Frack; und Farcy war in gewöhnlichen Abendkleidern. Was die übrige Gesellschaft betrifft, so konnte sie sich einiger bemerkenswerter Toiletten und ganzer Tische voll der herrlichsten Frisuren rühmen. Man sah da Schleier, die gefleckt waren und Muster auf die Haut zeichneten, Fächer mit Schlitzen, um ihre Träger hindurch-blinzeln und -blicken zu lassen, Fächer mit Gesichtern bemalt, mit Sonetten Sporions oder den kurzen Geschichtchen Scaramouchs beschrieben, und ebensolche aus großen, lebenden Nachtfaltern auf Silbernadeln montiert, Masken aus grünem Samt, die das Gesicht dreifach bepudert erscheinen lassen, Masken aus Vogelköpfen und Gesichtern von Affen, Schlangen, Delphinen Männern und Frauen, kleinen Embryonen und Katzen, Masken, die dem Antlitz von Göttern glichen, Masken aus buntem Glas und Masken aus dünnem Talk und Gummi-Elastikum. Perücken trug man aus schwarzer und scharlachener Wolle, aus Pfauenfedern, aus Gold- und Silberfäden, aus Schwanendaunen, aus Weinsprossen und aus menschlichem Haar; ungeheure Halskragen aus steifem Musselin, die hoch über den Kopf wegstanden, ganze Kleider aus einwärts gebogenen Straußenfedern, Tuniken aus Pantherfellen, die wundervoll über rosa Trikots aussahen, Capotes aus rosa Atlas mit Eulenflügeln, Ärmel in Gestalt apokalyptischer Tiere, Unterhosen, die bis zu den Fußgelenken hinab mit Falbeln besetzt und mit winzigen Röschen getupft waren, Strümpfe, in deren Zwickeln sich Darstellungen von Fêtes galantes und sonderbare Zeichnungen befanden, und Unterröcke, die wie künstliche Blumen gearbeitet waren. Einige Damen trugen reizende, purpurfarbene oder grüne Schnurrbärte, die mit vollendeter Kunst gedreht und gewichst waren, andere trugen große, weiße Bärte nach Art der heiligen Wilgeforte. Dann hatte Dorat ihnen außerordentliche Vignetten und Grotesken auf den Leib gemalt, an mancherlei Stellen: auf eine Wange einen alten Mann, der seine gehörnte Stirne kratzt, auf eine Stirne eine alte Frau, die von einem unverschämten Amor verfolgt wurde, auf eine Schulter eine verliebte Affenszene, rund um eine Brust einen Kreis von Satyrn, um ein Handgelenk einen Kranz blasser, unschuldiger Kinder, auf einen Ellbogen ein Bukett Frühlingsblumen, quer über einen Rücken ein paar überraschende Mordgeschichten, in den Winkeln eines Mundes kleine, rote Flecke, auf einen Nacken eine Flucht Vögel, einen Papagei im Käfig, einen Zweig mit Früchten, einen Schmetterling, eine Spinne, einen betrunkenen Zwerg, oder einfach ein paar Initialen.

Das Souper war unter der Leitung des ingeniösen Rambouillet hergestellt und unvergleichlich. Niemals hatte er ein exquisiteres Menü kreiert. Die *consommé impromptu* allein hätte für den unsterblichen Ruhm eines jeden Chefs genügt. Was also kann ich von der *Dorade bouillie*, *sauce maréchal* sagen, von dem *ragoût aux langues de carpes*, den *ramereaux à la charnière*, der *ciboulette de gibier à l'espagnole*, der *pâté de cuisses d'oie aux pois de Monsalvie*, den *queues d'agneau au clair de lune*, den *artichauts à la grecque*, der *charlotte de pommes à la Lucy Waters*, den *bombes à la marée* und den *glaces aux rayons d'or?* Das Ganze, ein veritabler tour de cuisine übertraf selbst die berühmten kleinen Soupers, die der Marquis de Réchale in Passy zu geben pflegte und von denen der Abbé Mirliton sagte, sie seien ohne Fehl und zu gut zum Essen.

Ah, Pierre Antoine Berquin de Rambouillet, du bist deiner göttlichen Herrin wert!

Der bloße Hunger machte bald den feineren Instinkten des reinen gourmet Platz, und die seltenen Weine, in Schnee gekühlt, löste alle die dekolletierten Geister, einer erstaunlichen Konversation und eines atroziösen Gelächters.

Als die ersten Gänge vorüber waren, wurde die Unterhaltung mehr und mehr laut und persönlich. Bulex und Cyril und Marisca und Cathelin eröffneten ein Feuer witziger Neckereien; und ein Tausend verliebter Tagesnarrheiten wurden diskutiert.

Schließlich gingen die Stimmen aus dem Rauhen, Schrillen und Schreienden ins Stammelnde und Inartikulierte über. Schlimme Aussprüche wurden durch noch schlimmere Gesten unterstützt; und an einer Tafel drückte sich Scabius so aus, wie der berühmte alte Ritter im ersten Teil von „The

Soldiers Fortune" von Otway. Bassalissa und Lysistrata versuchten gegenseitig ihre Namen auszusprechen und wurden bei diesen Versuchen äußerst freundschaftlich zueinander; und Tala, der Tragöde, angetan mit einem faltenreichen Purpurmantel, Federbusch und Kothurn, erhob sich und begann mit verschwommenen Gestikulationen eine seiner Hauptstellen zu deklamieren. Er kam nicht über den ersten Vers hinaus; den aber wiederholte er immer wieder, jedesmal mit neuem Ausdruck und wechselnder Betonung; und erst das Nahen des Spargels, der von Satyrn in Weiß serviert wurde, brachte ihn zum Schweigen.

VIERTES KAPITEL

Es gibt nichts Angenehmeres als das Aufwachen in einem neuen Schlafzimmer. Die neue Tapete, die ungewohnten Bilder, die Lage der Türen und Fenster, die einem vom Abend vorher nur in ungenauer Erinnerung geblieben ist, alles das gibt am andern Morgen, wenn man die Augen aufmacht, eine angenehme Überraschung.

Es war ungefähr acht Uhr, als Fanfreluche erwachte und sich schlemmerhaft in seinem großen Federbette streckte. „Was für ein niedliches Zimmer", murmelte er und frischte die seidenen Kissen hinter sich auf. Durch den schmalen Schlitz der geblümten Vorhänge hindurch konnte er einen Streifen der besonnten Rasenplätze draußen erblicken: die silbernen Springbrunnen, die bunten Blumen, die Gärtner an der

Arbeit, und unter den schattigen Bäumen eine Frühstückstafel, an der sich eine Gesellschaft von Frühaufstehern gütlich tat, die für einen Jagdtag in den fernen Waldtälern gerüstet schienen.

„Wie süß ist das alles“, rief der Abbé und gähnte mit unendlichem Behagen. Dann legte er sich ins Bett zurück, starrte den sonderbar gemusterten Betthimmel an und hing seinen Morgengedanken nach.

Er dachte an den „Romaunt de la Rose“ — schön, aber allzu kurz.

An den Claude Lorrain* in Lady Delawares Sammlung.

An ein Paar wundervolle modefarbene Hosen,

---

* Das Hauptwerk, so scheint es mir, eines anbetungswürdigen und unfehlbaren Meisters, der mehr als irgend ein anderer Landschaftsmaler uns von der Atmosphäre unserer Städte freimacht und uns vergessen läßt, daß das Land zuweilen steif, langweilig und ermüdend sein kann. Es scheint fast unglaublich, daß man ihn jemals in ungünstigem Sinne mit Turner — dem Wiertz der Landschaftsmalerei — habe vergleichen können. — Corot ist sein einziger ebenbürtiger Rival, doch verdunkelt oder ersetzt er den älteren Meister nicht. Ein Corotsches Gemälde ist wie ein zartes lyrisches Gedicht voller Liebe und Wahrhaftigkeit; während eine Landschaft von Claude an eine vornehme, gedankenschwere Ekloge erinnert.

die er sich bei Madame Belleville machen lassen wollte.

An einen geheimnisvollen Park voll leiser Echos und romantischer Klänge.

An einen großen stillen See, in dem die zartesten Frösche leben mußten, die es jemals gab, und der von dunklen Bäumen und schlafenden Fleurs de Luce umgeben war, ohne sie wiederzuspiegeln.

An Santa Rosa, die berühmte peruanische Jungfrau; wie sie sich einer ewigen Jungfrauenschaft weihte, als sie vier Jahr alt war*, wie sie von

---

* „In einem Alter," schreibt Dubonnet, „wo die meisten Mädchen schon wohlbeschlagen in all den hassenswerten Künsten der Koketterie sind, und eher mit Gusto als mit Widerwillen die abscheulichen Wünsche und schrecklichen Befriedigungen der Männer erwarten."

Alle, die etwas von dem Duft der Heiligkeit Santa Rosas atmen und die Geschichte der verehrungswürdigen Intimität kennen lernen möchten, die zwischen ihr und Unserer Frau bestand, sollten Mutter Ursulas „Unaussprechliches und wunderbares Leben der Blume von Lima" lesen, das kurz nach der Heiligsprechung Rosas durch Clemens X. im Jahre 1671 erschien. „Wahrlich," so ruft die berühmte Nonne aus, „die Lebens- und Jugendbeschreibung dieser heiligen Jungfrau ist eine ebenso schwere Aufgabe, als das Zeichnen einer schlanken, empfindlichen Pflanze, deren Leichtigkeit,

Maria geliebt wurde, die aus dem blassen Fresko in der Kirche St. Domenico die Arme nach ihr ausstreckte, um sie zu umfassen; wie sie am Ende ihres Gartens ein kleines Oratorium baute und darin betete und Hymnen sang, bis alle Käfer, Spinnen, Schnecken und Gewürm herbeikamen, um zu lauschen; wie sie versprach, Fernando de Flores zu heiraten, und am Hochzeitsmorgen sich parfümierte, die Lippen malte, ihr Hochzeitskleid antat, ihr Haar mit Rosen schmückte und auf einen kleinen Hügel nicht sehr weit außerhalb der Mauern von Lima ging, wie sie da niederkniete und einige Augenblicke zärtlich den Namen Unserer Frau anrief, und wie die heilige Maria herniederkam und Rosa auf die Stirn küßte und sie ganz schnell in den Himmel entführte.

Er dachte an die glänzende Eröffnungsszene von Racines „Britannicus“.

An ein drolliges Bändchen, betitelt: „Ein Wort für die Haltung des Einhorns als Haustier“, das er in Helenas Bibliothek gefunden hatte.

Süße und Einfachheit, dem geschicktesten Stift trotzen.“ Mutter Ursula nun hat sich dieser Aufgabe mit wundervollem Feingefühl und Geschmack entledigt. Ein billiger Neudruck der Biographie ist von Chaillot und Sohn veröffentlicht worden.

An die „Bacchanale Sporions".*

---

* Eine „Comédie ballet" in einem Akt von Philippe Savaral und Titurel de Schentefleur. Der Marquis von Vandésir, der bei der ersten Vorstellung anwesend war, hat uns in seinen Memoiren einen kurzen Bericht davon hinterlassen:

„Der Vorhang ging über einer wundervollen Szenerie auf. Man sah ein verborgenes arkadisches Tal, ein entzückendes Stück Tempe mit anmutigen, kühlen Wäldern und von einem kleinen Fluß durchzogen, so frisch und pastoral wie eine reine Quinte. Es war am frühen Morgen; und die aufgehende Sonne weckte, wie der Prinz in Dornröschen, die Erde ringsum mit ihrem Kusse auf.

„In dieser goldenen Umarmung wurde der Nachttau aufgesogen und glänzend gemacht, die Bäume wurden aus ihren dunkeln Träumen aufgeweckt, der Schlummer der Vögel nahm sein Ende; und alle Blumen in dem Tal freuten sich und vergaßen ihre Furcht vor der Dunkelheit.

„Plötzlich ertönten Hörner und Pfeifen; und aus den Wäldern trat ein Trupp Satyrn, die Nüsse, grüne Zweige, Blumen und Wurzeln in der Hand trugen, und was der Wald noch sonst darbieten mochte, um es auf den Altar des geheimnisvollen Pan zu legen, der in der Mitte der Bühne stand; von den Hügeln kamen die Hirten und Hirtinnen nieder mit ihren Herden und mit Kränzen auf ihren Schäferstäben. Dann kam ein ländlich-ehrwürdiger Priester in weißen Kleidern langsam durch das Tal heran, gefolgt von

An die Madonnen von Morales mit ihren hoher

einem Chor strahlender Kinder. Die Szene wa wunderbar arrangiert, und man konnte sich nichts Belebteres und Harmonischeres denken als diese arkadische Gruppe. Der Gottesdienst war harmlos und einfach, aber doch mit genügenden Zeremonien verbunden, um dem Corps de Ballet Gelegenheit zur Entfaltung seiner Künste zu geben. Der Tanz der Satyrn wurde mit ungeheurem Beifall aufgenommen; und als der Priester schließlich seine Hand zum Segen erhob hatte der ganze Trupp einen so verwickelten und eleganten Abgang, daß man allgemein fand, Titurel habe noch nie eine so feine Erfindung auf die Bühne gebracht.

„Kaum war die Szene einen Augenblick leer gewesen, als Sporion eintrat und mit ihm eine glänzende Schar von Dandys und schönen Frauen. Sporion war ein langer, schlanker, depravierter junger Mann. Sein Rücken war ein wenig gekrümmt, sein Gang unsicher, die olivenfarbene Haut seines ovalen, unbeweglichen Gesichtes war leicht über den Schädel gespannt, er hatte volle, scharlachene Lippen, längliche, japanische Augen und ein großes, goldfarbenes Toupet. Um seine Schultern hing ein Cape aus lachsfarbenem Atlas mit hohem Kragen und langen, aufgelösten, schwarzen Bändern, die um ihn her flatterten. Sein Rock aus seegrün geflecktem Musselin wurde in der Taille von einer scharlachenen, an den Enden ausgezackten Schärpe zusammengehalten und stand etwa 6 Zoll weit in Falten über die Hüften vor. Die losen und

eiförmigen, crêmefarbenen Stirnen und dem wohlgelockten Seidenhaar.

---

faltigen Beinkleider schlossen unterhalb der Wade ab. Sie waren an den Seiten hinab bestickt und über den Hüftgelenken prächtig gebauscht. Die Strümpfe waren aus weißem Kalbleder und paßten wie Handschuhe über die einzelnen Zehen. Darüber waren zarte, rote Sandalen gestreift. Am einschmeichelndsten aber traten seine Hände aus den Handkrausen hervor: So schlanke Finger, die spitz zum Ende verliefen und mit kleinen rosa gefleckten Nägeln endeten, so unvergeßliche Handflächen mit Linien und Erhöhungen, wie die von Lord Fanny in „Love at all Hazards", und so blaugeäderte, haarlose Handrücken. In seiner Linken hielt er ein kleines Spitzentaschentuch mit einer Krone drin.

„Was seine Freunde und Genossen angeht, so bildeten sie die süperbste und insolenteste Gesellschaft, die man nur denken kann, aber man würde ein Kapitel so lang wie das berühmte zehnte in Pénillières „Geschichte des Unterzeugs" brauchen, wenn man die Kleider, die sie trugen, katalogisieren wollte. Alles in allem waren sie ein sehr distinguierter Chorus.

„Sporion trat vor und drückte mit schnellen und lebhaften Gebärden aus, er und seine Freunde seien, der kümmerlichen Vergnügungen, die die zivilisierte Welt bieten könne, überdrüssig, in dies arkadische Tal gekommen, in der Hoffnung, einen neuen Frisson dadurch zu erleben, daß sie die Naivität etwa eines Hirten oder eines Satyrn zerstörten, und das Gift ihrer Lebensart unter die Waldbewohner verbreiteten.

An Rossinis „Stabat Mater“ [dies reizvolle, alt-

„Der Chorus gab mit müden, aber ausdrucksvollen Bewegungen seine Zustimmung zu erkennen.

„Neugierig und durch die Ankunft einer so weltlichen Gesellschaft nicht wenig erschreckt, fingen die Waldbewohner an, nervös durch das Zweigicht hindurchzublinzeln und die seelenhafte Versammlung anzustaunen. Eine oder zwei Frauen und ein Hirt krochen scheu hervor. Da ließen Sporion und all die Damen und Herren einschmeichelnde Töne erschallen, und luden die ländlichen Geschöpfe mit aller nur erdenklichen Anmut und Liebenswürdigkeit ein, herbeizukommen und an ihrer Gesellschaft teilzunehmen. In kleinen Trupps kamen sie denn auch heran, bezaubert wie sie waren, durch die sonderbaren Blicke, die Düfte und Spezereien und die glänzenden Kleider, und einige wagten sich ganz nahe heran und befingerten furchtsam die köstlichen Gewebe, die die Ankömmlinge trugen. Dann nahmen Sporion und jeder von seinen Freunden einen Satyr oder eine Hirtin oder sonst irgendeinen bei der Hand und machten die ersten Versuchsschritte zu einem höfischen Tanz, für den die wundervollsten Kombinationen erfunden und die entzückendste Musik geschrieben waren. Das Hirtenvolk war ganz starr vor Staunen, als es so gehaltene und graziöse Bewegungen sah, und machte die vergeblichsten und groteskesten Anstrengungen, sie nachzuahmen. Dio mio, ein reizender Anblick! — Einen hübschen Effekt erzielte auch das pêle-mêle von kalbsledernen Strümpfen und zottigen Beinen, von reichgestickten Corsagen und

modische Stück Decadence, das in seiner Musik eine Qualität hat, gleich dem Hauch auf Wachsfrüchten].

An Liebe und hundert andere Dinge.

Dann ließ er seine halbgeschlossenen Augen über die Kupferstiche hingleiten, die an der Wand hingen. In zarten, geschweiften Rahmen trieben dort die anmutigen, depravierten Geschöpfe Dorats und seiner Schule ihr Wesen, schlanke Kinder in Maske und Domino mit einem furchtbaren Lächeln um den Mund, sonderbare Lebemänner, die freundlichen, puppenhaften Mädchen über die Schulter sahen und sonst weiter nichts taten, erschreckliche kleine Pierrots, die als verliebte Damen gingen und auf irgend etwas außerhalb des Rahmens hindeuteten. Auf einem anderen Bild sah man ganz unmögliche Stutzer mit unheimlichen, vogelgleichen Frauen

---

einfachen Kitteln, von barocken Haartrachten und losen, ungekämmten Locken.

„Als der Tanz zu Ende war, brachten Sporions Diener Champagner herein, den sie unter mancherlei Pirouetten und mit vollendetem Aplomb in hohe Gläser schenkten, und dann, — im Kreise herumtrippelnd — die arkadischen Lippen mit dem königlichen Trank bekannt zu machen, den sie noch nie vorher gekostet hatten.

„Bald hernach fiel der Vorhang mit verschämter Schnelligkeit.“

in einem Rokoko-Raum zusammen, geheimnisvoll beleuchtet durch das Geflacker eines zusammensinkenden Kaminfeuers, das große Schatten auf die Wände und an die Decke wirft.

Fanfreluche hatte ein paar Bücher mit sich zu Bett genommen. Eines davon war der witzige „Dienstag und Josephine", ein anderes die Partitur vom „Rheingold". Er machte ein Lesepult aus seinen Knien und pflanzte die Oper vor sich auf; und dann blätterte er mit liebevoller Hand die Seiten um und fand es herrlich, sich frühmorgens mit freiem Kopf an das prachtvolle Wagnersche Drama zu machen.* Aufs neue wieder entzückte ihn die schöne und geistreich erfundene Eröffnungsszene, das mysteriöse Vorspiel, das so recht eigentlich aus dem Grundschlamm des Rheines aufzusteigen und ebenso alt zu sein scheint wie der, die entsetzliche, primitive Geilheit der Musik, die den Reden und Bewegungen der Rheintöchter folgt, die dunklen,

* Es ist tausendmal zu bedauern, daß Konzerte entweder nur nachmittags stattfinden, wo man stumpfsinnig ist, oder abends, wo man nervös ist. Man sollte schöne Musik — wie die Messe — in aller Frühe hören, wenn Hirn und Herz durch die weltlichen Einflüsse des kommenden Tages noch nicht all zu sehr aus dem Gleichgewichte gebracht sind.

hassenswerten Töne Alberichs und seines Liebeswerbens und die flutende Melodie des alten, sagenumwobenen Stromes.

Den meisten Beifall aber zollte er an jenem Morgen dem dritten Tableau der Szene, in der Loge, flackernd wie eine Fackel und wie ein Scapin aus uranfänglicher Zeit, seine Listen an Alberich erprobt. Das fieberische, fortwährende Schallen der Hämmer in der Schmiede, die trockene Staccato-Ruhelosigkeit Mimes, das unaufhörliche Kommen und Gehen des Nibelungentrupps, die wie eine Herde unterweltlicher, erschreckter Schafe sinnlos hin und herfliehen, Alberichs wütende Aktivität und seine Verwandlungen, und Loges rapide, flammende, zungengleiche Bewegungen, alles das macht dies Tableau zu dem unruhigsten und verwirrendsten Ding in der ganzen Opernliteratur. Wie genoß der Abbé die ausschweifende, monströse Dichtung, das hitzige Melodrama und die glänzende Bewegung in alle dem! Um elf Uhr stand Fanfreluche auf und schlüpfte aus seinem hübschen Nachtgewand.

Sein Badezimmer war der größte und vielleicht der schönste Raum in der ganzen glänzenden Suite, die ihm angewiesen war. Das bekannte Kupfer von Lorette, das den Titel von Millevoyes „Architecture du XVIIIme siècle" schmückt, gibt eine bessere

Idee von der Konstruktion und Ausschmückung dieses Raumes, als alle meine Worte es könnten. Nur ist in Lorettes Blatt das Bad, das in die Mitte des Fußbodens eingelassen ist, ein wenig zu klein.

Fanfreluche stand einen Augenblick und betrachtete wie Narciß sein Spiegelbild in dem stillen, duftenden Wasser; dann brachte er mit einem Fuß die Oberfläche in leise Bewegung und ging mit eleganten Schritten in das kühle Bassin hinein, das er zweimal höchst anmutig durchschwamm. Doch ist es nicht so sehr das Bad selbst, das den Hauptreiz des Badens ausmacht, als es das Abtrocknen und die genußreichen Abreibungen sind; und Helena hatte ihre erfahrensten Leute für Fanfreluches Bedienung angestellt. Er war mehr als zufrieden mit ihren Diensten, die seine Gefühle bis beinahe zur Dankbarkeit gedeihen ließen, und als die Riten ihr Ende gefunden hatten, war jeder Hauch von Heimweh, den er noch empfunden haben mochte, wie weggeblasen. Nachdem er ein wenig geruht und seine Schokolade eingenommen hatte, wanderte er ins Ankleidezimmer, wo seine Toilette unter Leitung des süperben Dancourt vollendet wurde.

So zufrieden mit seinem Äußeren wie Lord Foppington, trippelte der Abbé von dannen, um Helena guten Morgen zu sagen. Er fand sie, wie sie in einem süßen, weißen Musselinröckchen auf dem Rasen auf und abging und Blumen für ihren Frühstückstisch pflückte. Er küßte sie flüchtig auf den Nacken.

„Ich gehe gerade, um Adolphe zu füttern“, sagte sie, und deutete auf ein kleines Netz voll Backwerk, das ihr am Arme hing. Adolphe war ihr Lieblings-Einhorn. „Er ist so ein lieber Kerl,“ fuhr sie fort, „ganz milchweiß, über und über, außer Nase, Mund und Nüstern. Hierher, bitte.“ Das Einhorn hatte seinen eigenen schönen Palast aus grünem Laub und goldenem Gitterwerk, ein passendes Haus für so ein zartes und hübsches Tier. Ach, es war ein Genuß, anzusehen, wie die weiße, glänzende Kreatur in ihrem kunstreichen Käfig herumspazierte, so stolz und schön war sie und kannte keinen Herrn und fraß niemandem aus der Hand außer der Königin. Als Fanfreluche und Helena herzutraten, fing Adolphe an zu prunken und zu kurbettieren, schlug den Sand mit seinen elfenbeinernen Hufen und ließ seinen Schweif wehen wie eine Kirchenfahne. Helena hob den Riegel auf und trat ein.

„Sie dürfen nicht mit hinein, Adolphe ist so eifersüchtig,“ sagte sie dem Abbé, der ihr folgen wollte, „aber Sie können draußen stehenbleiben und zusehen, Adolphe liebt ein Publikum.“ Dann brach sie mit ihren süßen Fingern die lockeren Kuchen in Stückchen und gab sie ihrem schneeigen Liebling mit liebevoller Anmut zu frühstücken. Als die letzten Krumen aufgesucht waren, rieb Helena ihre Hände und verließ den Käfig, indem sie so tat, als nehme sie weiter keine Notiz von Adolphe. Adolphe wieherte.

Ende des Fragments.

BALLADE VON EINEM BARBIER

Nun hört von Carrousel das Lied,
Dem Künstler, aller Welt bekannt,
Barbier in der Meridianstreet
Und Abgott jedes Elegant.

Von wem wohl konnten anders gehn
Fürst, Fürstin und ihr Hof frisiert?
Und schöne Frauen waren schön,
Weil er sie so herausstaffiert.

Durch Droschken und Kabrioletts
War stets Meridianstreet blockiert
Wie Bienen duftende Buketts,
So haben Beaux sein Haus umschwirrt.

Er kräuselte mit leichter Hand
Ins dümmste Antlitz Witz hinein;
Und Göttinnen aus Griechenland
Verlieh er noch mehr Reiz und Schein.

Und was die Kunst auch hielt bereit:
Pomaden, Puder, Schminke, Saft,
Vergaßen ihrer Kostbarkeit
Im Preise seiner Künstlerschaft.

Brenneisen, wirbelnd auf und ab,
Sie plauderten in seiner Hand,
Das Messer ward ein Zauberstab,
Der auch die zarteste Haut verstand.

Und doch von Hochmut keine Spur!
Er war ein so bescheidener Mann! —
Sein täglich Handwerk liebt er nur
Und einen Lobspruch dann und wann.

Die kleinste Arbeit war ihm recht
Grad wie ein komplizierter Fall;
Und gegen beiderlei Geschlecht
Schien sein Verhalten stets neutral.

Wie denn an einem Sommertag,
Als die Prinzessin er frisiert,
Kam's, daß kein Härchen richtig lag,
Und er aufs neue stets probiert?

Es war das holde Königskind
Wohl dreizehn Jahr; und ihr Gesicht
War wie die wilden Blumen sind
Im ersten Frühlingssonnenlicht.

Ins klare Aug' hing ihr hinein
Das goldne Haar und bis zum Fuß;
Sie war so lyrisch, süß und rein
Wie Schuberts schönster Liedergruß.

Er brannt ihr dreimal eine Lock'
Und macht sie wieder glatt dreimal;
Zweimal versengt er ihr den Rock
Und kam darinnen fast zu Fall.

Nicht mehr gehorchte ihm die Hand,
Der Kamm von Elfenbein nicht mehr,
Vor seinem Blick ein Nebel stand,
Der Boden wankte um ihn her.

Am Putztisch lehnte taumelnd er,
Und fuhr sich mit der Hand ans Herz;
Er kam sich wie 'ne Fabel leer
Und schwach vor wie ein matter Scherz.

Er nahm ein Fläschchen zart und fein:
In seinen Fingern ist's zerkracht.
Er fühlte sich so wie allein,
Und wie ein König voller Macht.

Ganz leise schrie das Königskind —
Carrousels Hand schnitt tief und fest,
Er ließ sie wie ein Traum ganz lind,
Der seinen Schläfer schlafen läßt.

Er schlich auf Zehn aus dem Gelaß,
Vergnügt, daß alles ging so schnell. —
Man hängt' ihn in Meridianstraß. — —
Was betest du für Carrousel? —

DIE DREI MUSIKANTEN

Den Weg entlang am Walde hin
Drei lustige Musikanten ziehn,
Vergnügt mit sich und ihrem Sinn,
Franz Himmels letzten Melodien,
'Nem neuen Thema, Morgens Werk, dem Frühstück
und dem Sommergrün.

Sopran die eine, kühl zu schaun
Im weißen Kleid, das kaum versteckt
Der Zwickelstrümpfe Seidenbraun,
Die Ellenbogen, rot gefleckt,
Und Unterröckchen, Rausch und Tand und Linien,
die der Wind entdeckt.

Zu Seiten ihr ein Bursche schlank,
Der ordnet ihrer Locken Fall,
Und stirbt für ihren Gruß und Dank
Und für Applaus und Bravoschall
In Wien und in St. Petersburg, Paris und in
St. Jakobshall.

Als dritter kommt ein Pianist
Aus Polen, Abgott aller Welt,
Des Herz und Hand gleich locker ist,
Des blondes Haar sich bäumt und wellt,
Und dessen Sextentriller schon dem Schüler Mut und Lust vergällt.

So schlendert man den Weg entlang,
Und pflückt in Ähren reifes Korn,
Übt stückweis Rede und Gesang,
Und neckt den Wald mit Siegfrieds Horn,
Und füllt die Luft mit Gluck, und füllt des Wolltouristen Herz mit Zorn.

Der Pole hält 'nen Stengel Mohn
Und lenkt — und bleibt ein Weilchen stehn —
Den Streicher-, Holz- und Bläser-Ton
Von 'nem Orchester, ungesehn,
Entzückt, daß einmal alle Mann nach seinem Takt und Willen gehn.

Die holde Sängerin gemach
Ruht aus im Rasen, wo sie sieht,
Wie ihres Schlosses flimmernd Dach
Durch Julidunst und Bäume glüht,
Und fächelt sich, und schließt das Aug, wie sie ihr Röckchen streicht und zieht.

Zu Füßen ihr der Bursche schlank
Wägt seinen Mut mit seinem Stern. —
Doch Julihitze wägt nicht lang:
Da sieht es der Tourist von fern,
Enteilt rot wie sein Buch, und schickt für Frank-
reich ein Gebet zum Herrn.